# 萬有解答貓公司的故事

徐國能——文　林廉恩——圖

# 目錄

# 第1章

# 貓公司開幕了

萬有解答貓博士疑難解惑有限公司
OPEN

五月的天氣真好，用一排七里香當做圍籬的小公園裡十分熱鬧，麵包樹在春天冒出的嫩芽已長成厚大綠葉，在花房屋頂上結巢的燕子一家也有了喜事，原來春天孵出的小燕子已經學會飛行啦！整天展開小翅膀在樹林間穿梭翱翔，用最優美的姿態享受著春夏之交金黃溫暖的陽光。這時鞦韆上、翹翹板上、搖馬與溜滑梯上，到處都是孩子們的喊叫聲與笑鬧聲，「真是個美麗的日子啊！」在風中一起搖頭的花兒齊聲讚嘆！

不過公園對街卻發生了一件怪事，原來掛了一個大紅「租」字的店面，從上個月開始就用木板圍了起來，小卡車載來許多木材與油漆，戴著安全帽的工人進進出出，不時傳來敲

打釘子的巨響。今天，大吊車終於掛了一個淺藍色的大招牌，所有的人都駐足圍觀——喔，路人都驚嘆了起來，原來招牌上寫著：

萬有解答貓博士疑難解惑有限公司

等到工人叔叔拆去木板牆，哇！一間嶄新的店面出現在大家眼前，有亮晶晶的落地玻璃窗，大門前還擺了一排花籃，一隻黑白相間的大貓笑咪咪的站在大門前，想必他就是貓博士了吧？他的左右兩邊還有一隻土黃色的虎斑大胖貓和一隻黑得連眼睛都看不見的瘦皮貓，一有行人經過，他倆便會大喊一聲：「歡迎光臨萬有解答——」喊聲甫落，一隻純白的長毛貓（應該是祕書小姐）就會遞上一包印了公司名稱和電話號碼的面紙，拿到的人都嚇了一大跳，有些人甚至拿都不敢拿，就連忙跑了。

這到底是間什麼樣的公司呢？請仔細看看這家店，它的大門兩旁，可不是貼著一幅墨汁還沒有全乾的對聯嗎？

無所不知，知天下一切道理

無所不答，答世間全部疑難

原來竟有這樣的事，要以「解答人類問題」做為公司服務的項目，這也太有創意了。不過光是看這幅對聯，就知道這幾隻貓不簡單，「對聯」分成上聯和下聯，最後一個字是仄聲（國語三四聲）的那一句一定在我們面對大門的右手邊；最後一個字是平聲（國語一二聲），則是下聯，在左手邊，現在很多人都貼反了，但這幾隻貓卻完全沒有弄錯，而且不管上聯還是下聯，第一句的最後一字和第二句的頭一個字都是相同的，這種「頂真法」的對聯，可不是人人寫得出來的呀！

這間公司看似古怪，不過仔細想想，沒錯，就拿我自己來說，從小到大，心中的疑問可還真是不少，小至為何上體育課我跑步總是輸給張志強？大到為何天總是藍的，以及暑假為什麼永遠只有兩個月等等！然而這些問題從來沒人為我回答過，每當我問爸爸：「爸，我可以買雙溜冰鞋嗎？」我得到的回答不外乎：「你功課做完了沒？」、「你上一次考得很差喔！」

這一類不是答案的答案。

我也曾一個人坐在公園的石階上默默想著這些永遠想不透的問題，一直到夕陽西下。嘿，現在可好了，居然有間公司宣稱可以回答任何問題，這不是大大造福人群嗎？

根據那包面紙上的介紹，這貓博士可不得了，同時擁有人類學、機電學及會計學三項博士頭銜，並精通各國語言，還搭乘熱氣球環遊過世界，究竟他能為大家解決什麼問題，值得期待啊！

# 第2章

# 求職者的煩惱（上）

十分令人意外，「萬有解答貓博士疑難解惑有限公司」已經營業三天了，竟然沒有一個人前來求助，貓博士前兩天還非常鎮定，但今天，從上午九點開門到現在已經過了一個半小時，貓博士已經至少五次走到門外，隨便抓住一個行人就問他：「你有沒有什麼疑問想要解答呢？」所有被問到的人都十分驚惶，連忙說沒有！沒有……。

「唉……」貓博士遇到這種情形也只能無奈的踱回他的大辦公桌，心想：「你們明明有很多問題呀，為什麼不敢開口問我呢？」

就在貓博士唉聲嘆氣，黑瘦皮貓趴在桌上呼呼大睡，虎斑胖貓準備吃他今天第三個鮪魚三明治，祕書貓正準備擦指甲油時，公司大門「叮咚」一聲打開了，一個高高瘦瘦，戴著一頂漁夫帽的男人慌慌張張的走了進來，四隻貓幾乎同時一聲大喊：「歡迎光臨」，男人還沒開口，祕書貓已送上咖啡，胖貓拉

開椅子讓他坐下，瘦皮貓適時遞上一張「疑難申請表」，大概從來沒有被人這麼熱情的招待，這個男人有點不能適應，他結結巴巴的問：「……呃……請問……」

「有什麼疑問請儘管提出來喔，」貓博士得意的說：「我們是什麼問題都能解答的。」

「能為你解答疑問是我們的榮幸。」三隻貓齊聲說。

「對不起，我叫阿龍，我想問你們……」男人在八隻貓眼期待的目光下很不好意思的說：「能不能借一下廁所？」

「啥？廁所……」貓博士大失所望，「原來你不是來問問題的？唉……」

「喵——」三隻貓一聲長嘆！

「啊，不好意思，如果不方便，」阿龍一看四隻貓失望的表情，連忙說：「不方便也沒關係啦。」

不過這畢竟是開幕以來第一位上門的人，貓博士還是非常熱心的出借了「萬有解答公司」超高科技的洗手間，裡面的全自動化設備都是貓博士自己設計的呢！

不一會兒，阿龍笑咪咪的從廁所出來，正打算感謝貓咪們，卻發現四隻貓一臉難過，一問之下，才知貓咪們業務上的困境，「總不能讓救命恩人這麼煩惱吧？」阿龍心想，「有了！」阿龍大叫一聲，「各位聰明的貓先生以及貓小姐，我有一個疑問需要解答喔。」

「真的？」四隻貓同時精神一振。

「各位請看——」阿龍從口袋裡摸出一張摺得小小的舊報紙攤在手上。

終於終於，「萬有解答貓博士疑難解惑有限公司」有了第一個任務，究竟是什麼疑問？我們也一起來研究一下吧！

# 第3章

# 求職者的煩惱（下）

「原來是這麼一回事啊！」聽完了阿龍的敘述，貓博士慎重的點點頭。

原來阿龍目前正在找工作，每天早上都會買一份報紙，從上面的徵人啟事來看看有沒有適合自己的工作。今天他在報紙

| | | | | | |
|---|---|---|---|---|---|
| 1.甲 一 | 骨 | 二 文 | ■ | 三 靜 | ■ |
| 蟲 | ■ | ○ | ■ | 物 | ■ |
| ■ | ■ | 2.雕 | 梁 | 畫 | 棟 |
| ■ | 3.暴 四 | 龍 | ■ | ■ | ■ |
| 4.颱 | 風 | ■ | 5.西 | 六 遊 | 記 |
| ■ | 6.雨 | 五 果 | ■ | 覽 | ■ |
| ■ | ■ | 凍 | ■ | 7.車 | 站 |

（答案請參考第28頁）

直的提示

一、鞘翅目昆蟲的統稱，獨角仙為其中一種。

二、中國古書，作者是梁代劉勰。

三、一種以室內靜態物，如果實、花草、花瓶、

上卻看到了這樣一個有趣的題目，他想了半天，幾乎全部都回答了出來，只有「二」這一題題目，讓他想不出來。

「各位聰明的貓咪，」阿龍說：「你們可以幫我解答出這個問題嗎？」

器物等為描繪對象的繪畫。

四、急驟而猛烈的風雨，也是一部莎士比亞的戲劇名稱。

五、一種用洋菜、糖、果汁等加水熬煮後，製成小朋友都愛吃的食品。

六、旅遊、參觀、玩賞等活動時，多人座的大型車輛。

### 橫的提示

1. 中國商朝時刻於龜甲、獸骨上的占卜文字。
2. 成語，有著彩繪雕刻的梁柱，形容建築物的富麗堂皇。
3. 恐龍的一種，又稱為霸王龍。
4. 發生在西太平洋上，由強烈熱帶性低氣壓或熱帶氣旋所引起的氣候現象。
5. 中國古代小說，以孫悟空為主角。
6. 法國作家，《悲慘世界》、《鐘樓怪人》的作者。
7. 等公車的地方。

「嗯，從其他幾個方面來看，」瘦皮貓說：「我們可以知道他應該叫『文什麼雕龍』的吧！」

「該不會是《文虎雕龍》吧？」胖貓說：

「古代有龍就有虎，只是我沒聽過有這本書啊！」

「我看說不定是《文蛇雕龍》，」祕書貓說：

「古代龍跟蛇也常常在一起的啊。」

「那說不定是《文馬雕龍》，」瘦皮貓說：

「有句成語不是叫『龍馬精神』嗎？」

「呵呵，我們不能這樣亂猜，」貓博士終

於說話了：「填字遊戲是很有趣的紙上遊戲，考驗的是我們的常識和聯想力，遇到不會的問題，也可以幫助我們補充很多以前不知道的知識。」

「像這一題，我們應該趕快來找一找它的答案。」貓博士轉身從書架的百科全書中抽出一本，翻了幾頁說：「你們看，這裡有介紹這本書喔，它的名稱應該是《文心雕龍》，這裡記載是中國古代南朝時，梁代的劉勰所作，是一本討論文學創作的作品呢！」

「原來如此！」阿龍說：「雖然是個小問題，但不知道答案時心裡還真難過啊，真是謝謝你們為我解答了疑問。」

「為您解惑是本公司的榮幸！」四隻貓咪整齊的大聲回答。

「啊——」阿龍被這個突如其來的回答嚇了一大跳。

「阿龍先生，這裡也有一個填字遊戲，」貓博士將百科全書拿給阿龍：「如果你有興趣，不妨再

| | | | | | | |
|---|---|---|---|---|---|---|
| 1. 一 | | 四 | | | ■ | 七 |
| | ■ | | ■ | 4. | 六 秋 | |
| 2. | | | | ■ | 箇 | ■ |
| | ■ | | ■ | ■ | 6. 好 | |
| ■ | 三 | ■ | 5. 五 | | 涼 | |
| 3. 二 | | | | ■ | 天 | ■ |
| | | ■ | 7. 事 | 不 | 宜 | 遲 |

（答案請參考第29頁）

### 直的提示

一、成語，比喻人喜悅舒暢的表情。

試試看喔！」

「真的，我一定要來試試。不過我現在要去應徵工作啦！真是太感謝你們了。」阿龍抱著貓博士的書笑咪咪的出門了。

小朋友，你也一起來試試這題填字遊戲，考考自己的功力吧！

二、很多人聚在一起。

三、做錯事要說的話。

四、成語，比喻一件事或一句話能使人思考。

五、講情節曲折、內容有趣的事。

六、辛棄疾詞，「欲說還休，卻道」下一句（倒過來唸）。

七、台灣中部縣市名稱。

## 橫的提示

1. 王維詩，「紅豆生南國」下一句。
2. 很多很多的情感。
3. 古詩，「衣不如新」的下一句。
4. 節日，農曆八月十五（倒過來唸）。
5. 在旁邊講一些無關緊要的諷刺言語。
6. very much的中文意思。
7. 成語，立即行動，不得拖延。

## 【解答一】

| | | | | | |
|---|---|---|---|---|---|
| 1. 甲<br>一 | 骨 | 二 文 | | 三 靜 | |
| 蟲 | | 心 | | 物 | |
| | | 2. 雕 | 梁 | 畫 | 棟 |
| | 3. 暴<br>四 | 龍 | | | |
| 4. 颱 | 風 | | 5. 西 | 六 遊 | 記 |
| | 6. 雨 | 五 果 | | 覽 | |
| | | 凍 | | 7. 車 | 站 |

## 【解答二】

| | | | | | | |
|---|---|---|---|---|---|---|
| 1. 春<br>一 | 來 | 四 發 | 幾 | 枝 | | 七 臺 |
| 風 | | 人 | | 4. 節 | 六 秋 | 中 |
| 2. 滿 | 滿 | 深 | 情 | | 箇 | |
| 面 | | 省 | | | 6. 好 | 多 |
| | 三 對 | | 5. 五<br>說 | 風 | 涼 | 話 |
| 3. 二<br>人 | 不 | 如 | 故 | | 天 | |
| 群 | 起 | | 7. 事 | 不 | 宜 | 遲 |

# 第4章

# 便當人的夢（上）

解決了第一個顧客的問題，貓博士非常高興，眼看快接近中午十二點了，他打電話叫了四個烤鯖魚便當，準備要好好的犒賞大家。

沒多久，一個年輕人騎著腳踏車送來了便當，哇！老遠就傳來烤鯖魚的香味，每隻貓咪都拼命吞著口水。

正當他們準備大快朵頤時，送便當的年輕人支支吾吾的問：「請問，你們這裡是專門為大家解答問題的嗎？」

「是的，」貓博士很得意的說：「本公司專門為人類解答各種疑難，我們早上才幫人解決了一個大麻煩呀！」貓這種動物啊，有時得意起來，講話就不免誇張。

「請問您是不是有什麼疑問呢？」祕書貓問。

「是的，我叫大勇，」年輕人說：「我的確遇到了一件怪事情。」

一聽到「怪事」兩個字，貓咪們都放下了手中的便當，雖然鬍鬚上還黏著飯粒，但是也看得出來相當認真。「怪事？」貓博士說：「沒有怪事能難倒我們萬有解答公司的，你快說來讓我們聽聽吧！」

「是這樣的，昨天晚上我做了相當奇怪的夢。」大勇說。

「是忽然掉到一個深洞裡嗎？」瘦皮貓問：「我經常做這

種夢啊！」

「不是的，」大勇說：「在夢中，我覺得耳朵很癢，伸手一抓，不得了，居然有一個小小人躲在我的耳朵底下啊！他穿著一身綠衣戴著尖尖的綠草帽子，還背著一個大布包，我捏著他問他，為什麼躲在我的耳朵底下，他扭來扭去，看是跑不掉了，只好從布包裡拿了一條項鍊給我，上面有十四個心型的寶石，各個顏色不同，好漂亮啊。他說這條項鍊叫『春神之心』，只要我放了他，

他就把項鍊送給我，我正感到奇怪，一鬆手，這小人卻忽然消失了，只留下了這條項鍊在我手中。」

大勇接著說：「這時一陣達達的馬蹄聲響起，一匹小白馬，一匹小黑馬，上面各坐著一位美麗的女孩，她們的衣裙一位穿粉紅色，一位穿深紅色，而且還傳來陣陣的香味，只是白馬上的女孩哭得很傷心。」

「她為什麼哭呢？」大胖貓忍不住問。

「是啊，我在夢中也這樣問她們。」大勇說：「那位騎黑馬的女孩告訴我，她和妹妹一人名叫玫瑰，一人名叫薔薇，剛剛在河邊休息，正想掬起河水洗臉，她妹妹的寶石項鍊卻被一個頑皮的小孩一把扯下搶走了。」

「哎呀！」祕書貓說：「可不就是那個綠衣小人給你的春神之心嗎？」

「對啊，」大勇說：「我問她們是不是有十四顆心型寶石的項鍊？這才發現，原來那姊姊身上也掛著一模一樣的一條項鍊呢！」

「那你把項鍊還她們了嗎？」貓博士問。

「當然啊！」大勇回答：「兩姊妹非常高興，但說她們有急事，沒有辦法和我說太多，那姊姊就拿了一隻白銀的勺子給我，說那勺子會和我說明一切。」

「太怪了，」瘦皮貓說：「真是太怪了。」

「怪事還在後頭呢！」大勇說。

究竟大勇在夢中還會發生什麼怪事？我們接著往下看吧！

# 第5章

# 便當人的夢（下）

大勇喝了一口祕書貓送上來的茶水，繼續說：「她們騎著小馬走了以後，那勺子我左看右看，雖然閃亮亮的，但也沒什麼奇怪的，就在我百思不解的時候，不得了，它忽然伸出一隻舌頭，而且開始說話啦！」

「有舌頭會說話的銀勺子？」四隻貓大叫起來：「一定是個妖怪吧？」

「嗯，我一開始也真的嚇一大跳呢！」大勇說：「他叫我別怕，他不是什麼妖怪，他說他們是花神國的一員，那兩姊妹是花神使者，現在啊，北半球是夏天，南半球卻是冬天，所以兩姊妹要趕去南半球，等三個月後，南半球春天到了，她們就要負責讓百花盛開，那條寶石項鍊啊，裡面有開花的魔法，如果少了一條，今年就會有一半的花都不開呢！那個小綠人，一定是青草的兒子，叫『小草』，最喜歡捉弄別人了。」

「我又問他啦，你這個銀勺子怎麼會說話呢？」大勇說：「原來啊，他本是花神女王的廚師，是個愛吃鬼，很想到世界各地嘗嘗美食，就請花神女王將他變成一隻銀勺子，隨著花神使者到處遊歷，當她們品嘗美食的時候，他也可以順便吃一口啊！」

「原來是這麼一回事！」四隻貓齊聲感嘆。

「不過，」大勇說：「我夢醒以後當然什麼都不見了，我想請問你們，這個夢到底是什麼意思？」

「這個問題好怪啊！」四隻貓你看我我看你，都不知該怎麼回答。

「日有所思，夜有所夢，」貓博士問大勇：「你最近有做什麼和花花草草有關的事情嗎？」

「這個嘛，的確是有。」大勇說：「我最近想整理我家的小花園，我本來打算全部種滿玫瑰花的，但是我媽媽她老人家

卻希望能多種幾種花，波斯菊啊、茉莉花啊、向日葵啊、雞冠花啊，我們正為這事傷腦筋呢！」

「呵呵，原來如此，」貓博士露出滿意的笑容：「我知道是怎麼一回事啦！」

「真的嗎？快告訴我。」大勇迫不及待的說。

「你看，」貓博士拿出一張白紙，用鉛筆寫：「耳下一小人，『人』和『壬』是同音字，然後『十四』個『一』樣的『心』，不就是『聽』這個字嗎？」

「然後，」貓博士繼續在白紙上寫：「兩個女孩兩匹馬，不就是『媽媽』這兩個字嗎？『白』銀的『勺』子，就是『的』

字，『舌』頭的發『言』，就是『話』這個字，這樣——」

「**聽媽媽的話！**」貓咪們和大勇一起大叫起來。

「正是！」貓博士說：「一定是花神國的女王希望你聽媽媽的話多種幾種花，這樣他們才能讓你的花園充滿各式各樣的色彩啊！」

「一定是這樣的，」大勇興奮的說：「你真是一隻太聰明的貓了。我現在就去多買一些種子，也許夢中那兩個女孩會來到我的花園呢！」

# 第6章

# 郵差小姐想不通（上）

大勇為了感謝「萬有解答公司」為他解決了問題，就免費招待貓咪們吃了好吃的烤鯖魚便當，貓咪們也十分開心。

下午兩點不到，貓咪們正昏昏欲睡，突然聽到「喀噌、咖噌」的鈴聲，原來是郵差小姐騎著腳踏車來送信了。奇怪，誰會寫信給貓咪呢？仔細一看郵差小姐送來的三封信，兩封都是魚罐頭的廣告，剩下一封是電話帳單，雖然貓博士最討厭收到帳單，但還是十分有禮貌的向郵差小姐道了謝。

「可以請問你們一個問題嗎？」郵差小姐長得十分漂亮，紅撲撲的臉上總是掛著可愛的笑容，郵差帽底下壓著一頭黑黑的長髮。

「本公司最喜歡人家問我們問題。」貓博士很神氣的說。

「能為您解答疑問是我們的榮幸。」另外三隻貓也這麼大聲回答。

「太好了，」郵差小姐笑咪咪的從郵包裡拿出一個大信封：「你們能告訴我這封信是要寄去什麼地方嗎？」

四隻貓伸出頭來一看，這封信在「收件地址」的地方寫著：

祕書貓很堅定的說：「今年元宵節我去參加了花燈晚會的猜燈謎活動，雖然沒有拿到獎品，但燈會主持人說，所有的謎語都一定有答案的。」

「燈謎，答案，燈謎，答案……」貓博士喃喃自語，忽然跳起來大喊一聲：「喵啊，你真是天才！」

大家被他這突如其來的動作嚇了一大跳。這時，貓博士從櫃子後面推出了一面白板，很得意的說：「這一定是古代的字謎遊戲。」

「什麼是『字謎遊戲』啊？」大胖貓問。

「就是用一句話或幾句話來表示一個字，你們看，」貓博士在白板上寫著：「烏鴉飛去鳥不回」，並說：「『鴉』這個字『鳥』飛走了，」他用板擦擦掉了「鳥」字，「不就是一個『牙』字嗎？這就是字謎。」

「原來如此，」美麗的郵差小姐問：「那麼，這封信上的字謎是不是就是它的地址呢？」

「一定是的！」貓博士看來胸有成竹。各位小朋友，你也發現了這封信是要寄去哪裡給誰了嗎？

# 第7章

# 郵差小姐想不通（下）

「真是太厲害了！」三隻貓和郵差小姐看著貓博士寫在白板上的解答，都不禁鼓掌叫好。

原來貓博士發現了這封奇怪的信，每一句詩都是一個字謎，聰明的他很快便找到了答案。他說，「金烏飛到樹當中」，金烏就是古代傳說的太陽，也就是一個「日」字，樹就是「木」，日在木中，當然就是「東」字啦！

「不橢不圓四邊同」，說的應該是一個形狀，但這是什麼形狀呢？有四個邊，每一邊都等長，應該就是一個正方形吧，所以這是一個「方」字。

「已經很少再更少」，「少」這個字，拿掉哪一個部分後還能為一個字呢？原來就是把那一撇去掉，從四劃變三劃，比「少」更「少」的就是「小」這個字啦！

「睡覺不見多一童」，這個有意思，「覺」字「不見」，那掉了下面的「見」字的部分卻加上「童」是什麼字呢？沒有這個字，但「童」是「孩子」之意，所以要加上的是「子」字，就是「學」啊！

「四個字加起來，」貓博士說：「就是『東方小學』嘛！」

「一定沒錯，」郵差小姐說：「東方小學就在這裡過去兩條街那邊啊！」

「但是收信人是誰呢？」貓博士問。

遠去，解答出這個難題的貓咪們都十分開心。時間也將近下午三點，他們這才想起來，下午茶時間到了，難怪肚子又有點餓了呢！

# 第8章

# 如何抓到動物園怪客（上）

ZOO
失蹤
Rabbit Missing

「萬有解答公司」的貓咪們是相當重視下午茶的，除了每人有他自己愛喝的茶以外，還有鬆糕、餅乾、小西點、蛋捲、果凍等多種好吃的東西。這時貓博士也會翻翻今天的報紙，了解社會上發生了什麼大事。

「唉呀，你們快來看這則新聞！」貓博士忽然大叫起來。

## 動物園連續發生失蹤事件，又有動物遭竊

根據記者的報導，本月以來，已有駱駝、浣熊、草泥馬、大冠鷲等多種動物失蹤，警方與動物園至今找不到偷竊動物

的嫌疑犯，而就在昨天，白兔也被偷走了。

「真是太可怕了，」瘦皮貓說：「這些可憐的動物不知道會被帶去什麼地方啊！」

就在大家討論動物園失蹤事件時，公司的大門「叮咚」一聲打開了，不得了，進來的是這條街上

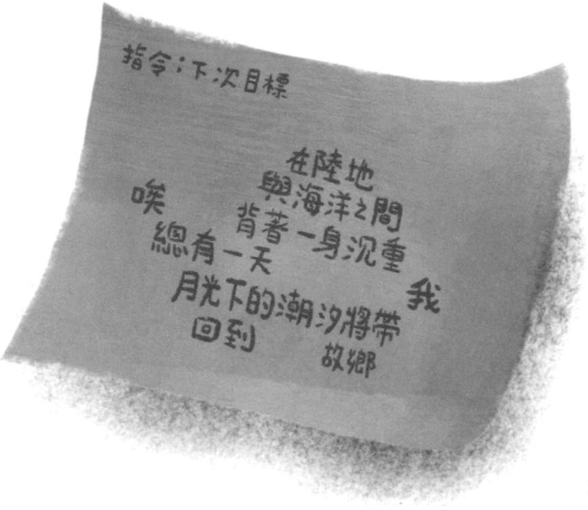


「那麼你有找到什麼可疑的證據嗎？」警察局長問。

「是的，請看這個。」馬園長從口袋掏出一張皺皺的紙：「這是今天我在兔子家裡找到的可疑字條。」

「我想，可能是兔子太會跑了，」馬園長說：「小偷在捉兔子時，才會不小心掉了這張紙吧！」

「大家請看，」警察局長說：「這張紙上所寫的，很可能是他下一次要偷的動物啊！」

「是的！」馬園長握緊拳頭說：「但是，我們有幾千種的動物啊，如果不能趕快找到答案，這隻無辜的動物又將成為受害者。」

「貓咪們，你們有辦法今天就告訴我們，動物怪客的目標是誰嗎？」警察局長問。

有史以來最奇怪的動物失竊案，小朋友，你從馬園長撿到的字條中，已經發現他們下一個目標是誰了嗎？

# 第9章

# 如何抓到動物園怪客（下）

「根據我的經驗，」警察局長說：「偷動物的人一定不只一個。」

「妳是怎麼知道的呢？」馬園長問。

「你看這張紙條，上面有『指令』兩個字。」警察局長說：「也就是有一個人在主持行動，透過紙條指揮小偷來偷動物。而且他們可能是一個集團，我們只抓到奉命行事的小偷是沒用的，一定要抓到他們所有人才能救出已經被偷的動物。」

「我們還是先想想，這張紙條上說的應該是什麼動物。」貓博士說：「上面寫到『陸地』與『海洋』，動物園裡有什麼動物是生長在海邊，有時在陸地上，有時在海中的嗎？」

「有啊，例如海星、企鵝，」馬園長撥著手指頭說：「還有海豹、海龜和海獅或是一些海蟹，另外像是彈塗魚、寄居蟹，很多啦！」

「我想我們可以將範圍先縮小到這些動物身上，」貓博士說：「不過，這究竟是指哪一隻動物呢？」

為了方便大家一起破解這

怪異的紙條，祕書貓將紙條影印了好幾張，讓每個人拿一張，一起想辦法。

「在陸地——與海洋之間……」大家不免喃喃自語。

時間滴答滴答過去了，還是一點線索都沒有，大胖貓想得眼睛都快閉起來了，瘦皮貓拿著鉛筆在紙上圈出每一個字，祕書貓無聊的用原子筆將整個文字圈起來，「咦，這是什麼？」祕書貓拿起她圈出來的圖：「這是不是很像一種動物？」

「是海龜！」大家一起大喊。

「對啦，一定是海龜。」貓博士說：「他們用文字排出動物的形狀，我們一直想理解這些文字的意思，但其實整個圖案才是重點。」

「太好了，」馬園長很興奮：「我們的大海龜已經活了一百零七歲啦，是動物園裡面最長壽的動物，這可不能被他偷走。」

「而且你看，」貓博士說：「這裡有說到『月光的潮汐』，你們知道，大海的潮汐是受到月亮的影響，嗯，就我所知，這個月最大的潮汐應該是在五月十六日。也就是他們打算在這一天來偷走海龜啊！」

「五月十六日？糟了，」警察局長跳了起來：「五月十六日就是今天啊——」

「我們要趕緊回去把海龜藏起來。」馬園長斬釘截鐵的大聲說。

「我們有一個辦法，」貓博士說：「海龜睡覺時是不是身體和手腳都會縮進殼裡？」

「的確是這樣的。」

「那我們在海龜的家裡放一個假的海龜殼，」貓博士說：「然後在裡面放滿麵粉……。」

「真是好主意，」警察局長說：「晚上小偷一定看不清楚，抱了海龜就走，我們跟著落下來的麵粉就能找到他們藏動物的地方啦！」

「我這就去準備。」馬園長急急忙忙的跑出去。

「你們真是聰明的貓咪呀！」警察局長太高興了，抱起貓博士在他臉上用力親了一下。

喔，平常非常嚴肅的貓博士，突然之間臉都紅啦！

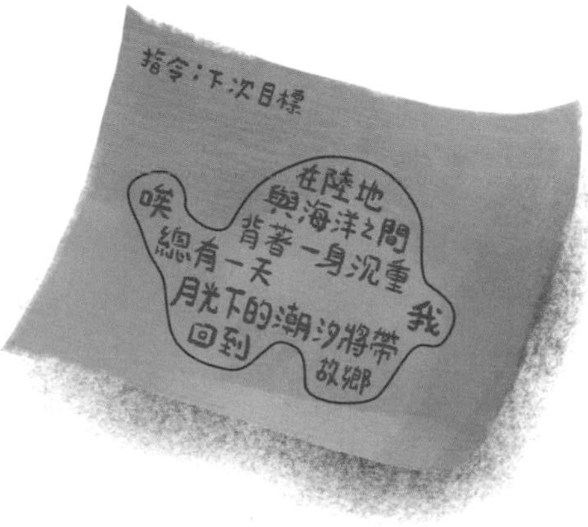
指令：下次目標
在陸地
與海洋之間
背著一身沉重
唉
總有一天
月光下的潮汐將帶
我
回到
故鄉

# 第10章

# 國畫老人的禮物（上）

三天後，報紙登出了斗大的標題：

警方破獲動物偷竊案，「萬有解答公司」提供寶貴線索

不得了，一早就有新聞記者跑來「萬有解答公司」想採訪這群聰明的貓，整個上午又是拍照又是訪談，弄得幾隻貓昏頭轉向的。

好不容易到了中午，人潮才逐漸散去，午間新聞也即時播出了貓博士的專訪。可惜，貓博士早上吃果醬麵包時，忘了將沾在臉上的一大塊草莓果醬擦掉，全國人士都看到了貓博

士臉上的果醬印子。

正在大家開心的準備吃鯖魚便當時，門口傳來了一陣哭聲，一個小男孩在「萬有解答公司」的大門口哭得很傷心啊，祕書貓趕緊跑出門問：「小弟弟，你怎麼了，怎麼哭得這麼傷心啊？」

「嗚嗚嗚……」小男孩說：「我……我的阿公不見了。」

「原來是這樣啊，你要不要進來休息一下，」祕書貓說：「我們幫你找到阿公好不好？」

「不要不要，」小男孩說：「阿公說會來找我，可是一直沒有來。」

「沒關係啦，你先進來坐在這個窗邊，」祕書貓說：「我們是很厲害的貓喔，一定能很快幫你找到阿公的。」

也許是第一次受到貓咪的邀請，小男孩怯生生的走進了「萬有解答公司」，大胖貓笑咪咪的問：「小朋友你叫什麼名字，幾年級啦？」

「我叫萬小強，」小男孩說：「我是東方小學一年丙班。」

「你為什麼會在這裡哭呢？」瘦皮貓問。

「中午時阿公來接我放學，」萬小強說：「他叫我在這裡等一下，他去買東西，可是，可是，已經過了好久都沒回來。」

「那麼萬小強，」貓博士問：「你知道你家的地址或電話號碼嗎？」

「地址？電話？」萬小強說：「我本來記得，但是現在忽然忘了。」說著說著，他又快哭了。

所幸這時祕書貓送來了兒童熱可可和最新出品的機器人樂高遊戲組，讓萬小強一時忘了眼淚。就在萬小強完成了樂高機器人時，一位老先生氣喘吁吁的騎著腳踏車出現在門口，

「阿公——」萬小強大叫：「你怎麼那麼久才來？」

老先生停好腳踏車，推開門說：「哎呀！你們不就是上電視的貓咪嗎？真是太謝謝你們幫忙照顧小強了，我本來只是去買幾個饅頭，沒想到腳踏車壓到一個大釘子，居然就爆胎了，推到好遠好遠的地方才修好啊！我正擔心小強該怎麼辦呢，真是太謝謝你們了。」

「老先生您太客氣了，」祕書貓說：「小強在這裡很乖呢！」

「阿公，我肚子好餓喔，」萬小強說：「我們可以回家吃午飯了嗎？」

「好哇！阿公也有點餓了呢！」老先生說：「快跟這些了不起的貓咪說謝謝啊！」

「不必客氣啦！對了，小強，」貓博士從書架上拿出兩本書說：「這兩本書可以送給你看喔。」原來是《字從哪裡來》和《文字魔法師》，貓博士說：「希望你會喜歡。」

「這可是太感謝你們啦！」老先生說：「那我們回家吃饅頭囉。」

望著祖孫倆快樂離開的背影，貓咪們這次雖然沒有解決什麼難題，但還是覺得很開心，心裡暖烘烘的。

不過到了下午，老先生又騎著腳踏車出現了，究竟老先生這一次有什麼難題要請「萬有解答公司」幫忙，我們且繼續看下去吧！

# 第11章

# 國畫老人的禮物（下）

「今天承蒙你們對小孫的照顧，心裡十分感激。」老先生對貓咪說：「我叫萬水墨，是一個畫家，想想好像沒有什麼可以報答各位的，就送一幅我的畫作給你們吧，希望你們不要嫌棄啊！」

「哇！你就是那位鼎鼎大名的國畫大師啊，」貓博士說：「幾年前，我坐熱氣球去巴黎旅遊時，還在美術館裡看過大師你的作品呢。」

「嘿嘿，那些畫普普通通啦，這是我要送你們的……」萬水墨老先生從紙筒中抽出一張宣紙，上面有四隻生動的貓，有的在打電腦有的在看書，簡直就是「萬有解答公司」的翻版啊，「真是太漂亮了。」

大家異口同聲的說。

「但是各位啊，」國畫老人很煩惱的說：「我也有一個十分傷腦筋的問題，可以請教各位嗎？」

「沒問題的，」貓博士說：「幫人解決難題是我們的專長啊。」

「那真是太感謝了，」

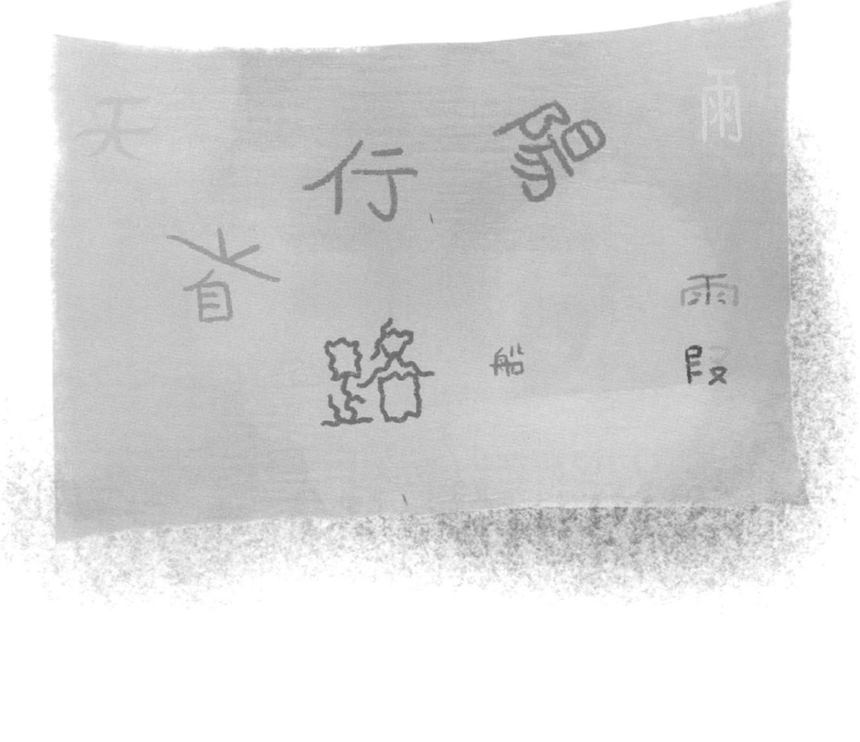

萬水墨老先生又抽出一張宣紙說：「各位請看——」

「這是我一個老朋友上個月寄給我的，」萬水墨說：「他說要請我幫忙畫這幅畫？我看了一個月還是看不出來到底要我畫什麼。你們有辦法幫幫我嗎？」

「唔，真的很怪啊，這些字都歪歪扭扭的。」大胖貓說。

「對啊，還有寫錯的字，」瘦皮貓說：「而且有大有小。」

「你看喔，每個字還有不同顏色，」祕書貓說：「會不會有什麼暗示啊？」

「這可真是奇怪？」貓博士說：「大師，你的朋友也是一位畫家嗎？」

「喔，不是的，」老先生說：「他是位詩人，而且還是書法家呢。」

「真是了不起，」大胖貓說：「古代好像有個既是詩人又是書法家的……」

「你說的是那個蘇東坡吧？」瘦皮貓說：「他是北宋的大詩人啊！」

「咦，蘇東坡？」貓博士說：「他之前好像也有寫過類似的作品啊——」

「以前也有這樣的畫嗎？」祕書貓問。

「一定是的，原來如此，」貓博士跳起來說：「我知道啦。」

「是怎麼一回事呀？」國畫老人問。

「這一定是一首詩。」貓博士說：「只是用各種文字來表現，你們看——」他的貓手指著畫上說：

「這個『雨』字寫得那麼細細瘦瘦的，這個彩色的『霞』字中間卻斷開了，這句可能是『細雨斷彩霞』。下面這個『陽』字歪斜了，下面這一個『船』字又那麼小，可能是『斜陽一小船』，你們看『行』字本來是雙人旁，他故意寫成『單人』，『路』字又彎彎曲曲的，是不是『獨人行曲路』？至於這個『首』字，他上面抬了起來，好像在望著這個藍色的『天』字，不就是『抬首望藍天』嗎？」

國畫老人說：「嗯，我懂了，原來他要我畫出這首詩：『細雨斷彩霞，斜陽一小船。獨人行曲路，抬首望藍天』中的意境，真是太美了，絕對沒問題的。各位聰明的貓，你們真是太棒啦。」

「這可是傳說中，」貓博士說：「蘇東坡發明的『神智體』詩啊，就是透過文字的巧妙排列或變

形，來完成詩句的。」

「呵呵，中國的文字構造特別，」萬水墨說：「所以特別能作出這種文字詩的遊戲，這一次多虧了你們幫忙，嘿嘿，我這位詩人朋友真會給我找麻煩啊！」

「萬有解答公司」又一次解答了奇怪的問題，小朋友，你有沒有什麼疑難問題想要問問這些聰明的貓呢？

# 第12章

# 期待熱氣球旅行

# 後記

文／徐國能

傳說，傳說。

在遠古的時代，人和鳥獸才初步分離，人類有了火光、社會和漁獵及農耕制度，但是有一個名叫倉頡的人，仍然不滿意這樣的人類，於是他模仿了日月的形狀，飛鳥遺留的蹤跡，發明了一種可以記事的符號，從此人類真正區別魚鳥獸，不再只以聲音傳遞消息。

傳說符號發明的那天晚上，上天震恐，撒下了小米如雨，神鬼同時哭泣，因為人類的文明真正開始了，未來將走向何方？沒有人知道。

親愛的朋友，也許你和我一樣喜歡美麗的傳說，喜歡對著亙古的星空遙想；但我們也知道，文字的發明是人類從蠻荒走向文明的必經之路，由多變的圖畫變成既定的符號，由記錄聲音到暗示現象，神祕而美麗的漢字，自古至今，蘊藏著許許多多的故事。

仔細觀察我們熟悉的「漢字」，會有一些有趣的現象。首先，我們知道漢字不同於西方的拼音字，漢字都是單獨成字，但仔細分析這些形體，也有些不一樣的地方，例如有些字像是單一的零件，一顆螺絲或一根電線，如「一」、「乙」。有些稍微複雜，像是一個小零件，如「日」、「木」、「刀」。有些組合了這些螺絲和零件，變成了一個小機器，如「旭」、「本」、「草」，有些甚至要好幾台機器合在一起開個小工廠，如「龜」、「獸」、

「鹽」。有時小工廠還發展成大工廠，需要兩個字才能表達它的意思，如：「囹圄」、「麒麟」、「鸚鵡」、「檸檬」、「瑪瑙」。

小時候，我們學書法，老師都要我們寫「永字八法」，就是將「點、橫、折、豎、勾、斜點、撇、捺」這些基本構造寫好，然後再去造房子，開工廠。

在識字、寫字的過程中，不知大家有沒有發現，我們的文字有點像變形金鋼，局部稍一改變，就會產生不同的功能。例如「田」字，往上出頭就是「由」字，倒立過來就是「甲」字，同時出頭就是「申」字，「田」加「糸」是「細」；「申」加「糸」是「紳」，這些文字真是千變萬化啊！

所以方正的單形、固定的單音和組合變化的構造，讓我們的文字產生了許多拼音文字所無法達到的效果，許多人將這些有趣的現象變成一種好玩的遊戲，我們一起來看看吧！

## 【字謎】只能意會不可說

謎語是我們很熟悉的遊戲，在古代，元宵節的時候還特別有「猜燈謎」的活動，在各種謎語中，「字謎」是很常見的謎語。

什麼是「字謎」呢？那就是我們運用文字字型上的特色，或是它組成的構造來當謎語，例如有個謎語說：「一個大口，吞一小口」，答案就是「同」字，你看，「同」字外面的「冂」像不像一張大嘴巴呢？這個大嘴巴吞下了一個寫得比較小的「口」字，組合起來就是一個「同」字啦！

猜字謎要有觀察力與想像力，同時還要熟悉文字的構造，有一個有趣的字謎是這樣的：

黑不是，白不是，紅黃更不是。

和狐狸狗彷彿，既非家畜，又非野獸。

詩也有，詞也有，論語上也有。

對東西南北模糊，篇幅雖短，卻是妙文，

請猜兩個字——

這真是困難啊！不過我們想一想，

常見的顏色中，除了黑白紅黃，那就是「青色」了，而「狐狸狗」三個字的部首都是「犬」，所以把「犬」部加上「青」旁，就是一個「猜」字；接下來，詩、詞、論語都是哪一個部首呢？是「言部」對不對？「對東西南北模糊」就是迷路，一個「言部」，加上「迷」字旁，這不就是「謎」字嗎？所以謎底就是「猜謎」，這不是很好玩嗎？

## 【離合】東拆西湊找源頭

從字謎延伸出來，還有一種叫「離合」的文字遊戲。

唐朝有一位詩人皮日休先生，他曾經寫過一首名為〈晚秋吟〉

的詩：「東皋煙雨歸耕日，免去玄冠手刈禾。火滿酒爐詩在口，今人無計奈儂何」，不知道大家有沒有發現，這首詩每一句的最後一個字，和下一句的第一個字都可以結合成另一個字：

「日」＋「免」＝「晚」

「禾」＋「火」＝「秋」

「口」＋「今」＝「吟」

這組合而來的三個字，正好就是這首詩的題目「晚秋吟」。

這種有趣的文字遊戲，古人稱為「離合」。

為什麼叫「離合」呢？那是因為我們的文字非常有特色，就如前面所說，有時一個字可以拆成好幾個字，有時好幾個字組合起來又可以成為一個字。「離合」這種文學作品，正是利用我們文字的這種特性來完成的，稱為「離」，就是分開來的意思；把好幾個字組裝在一起叫做「合」，就是合併、合成的意思。據說最早作離合詩的，是東漢時代以友愛兄長聞名的魯國人孔融，後來許多人覺得有趣，紛紛仿效他，例如這一首有趣的作品：

日月明朝昏，山風嵐自起。
石皮破仍堅，古木枯不死。

大家發現了其中的祕密了嗎？每一句的前兩個字，加起來正好是第三個字。這首詩的作者真是聰明！

## 【對偶】成雙成對最歡喜

親愛的小朋友，不知道你有沒有發現，世界上很多的事物都是成雙成對的，我們的眼睛、耳朵、手、腳都是左右相對。你看，蝴蝶的翅膀、魚的鰓、蕨類植物的葉子，也都是兩兩相對的，喜歡成雙成對的心理，加上我們中國文字有單音單形的特色，古人發明了一種特殊的遊戲，叫作「對偶」，「對」是「相對」的意思，「偶」是兩兩成雙的意思，「對偶」就是兩個字數完全一樣的句子，它們的每個位置的字都是相對的。對偶不一定要在詩歌裡，我們最常見的對偶是春聯，過年時，在門的兩邊貼上吉祥的句子，為一整年帶來好運，例如：

**天增歲月人增壽**

**春滿乾坤福滿門**

另外，家裡的爺爺七十大壽，我們也說：「福如東海，壽比南山」，這也是一個對偶；許多風景名勝的涼亭、廟宇上也有對聯，像杭州西湖的花神廟，就有一幅有趣的對聯：

可以清心也：這壺茶可以讓心情清靜

以清心也可：用這壺茶來清靜我的心也可以

清心也可以：用清靜的心來品味這壺茶也可以

心也可以清：心情在品嘗了這壺茶後就可以清靜了

也可以清心：這壺茶也可以幫助我清靜心情

每一種唸法都有很好的內涵，這讓我們都覺得中國文字好奇妙。這些有趣的文字組合，我們稱為「回文」，「回」，有循環、倒反的意思，「可以清心也」繞著一個圓形，怎麼讀都好，這是「循環」，「我為人人，人人為我」是倒著唸，屬於「倒反」，都是「回文」。

世界是循環不息的，白天與黑夜交替，春夏秋冬周而復始，回文所表現的正是大自然的神祕規律。我們的文字因為單字單義，組合起來的時候也很自由，因此有些詞正說反說都行得通，例如「旅行」，也可以說「行旅」，意思並不改變；可以說「紅花綠葉」，反過來說「葉綠花紅」也是差不多的意思，這就是因為我們的文字很有彈性，因此造成了「回文」這麼有趣的文字遊戲。

不過，可不是每一句話都可以讀成回文的，我們家附近有間餐廳叫「友朋小吃」，若讀成「回文」的話，就變成了「吃小朋友」，那不是太可怕了嗎？

以上所說的，都是利用中國文字特色所創造出來的遊戲。另外像是以文字排列成一張圖畫的作品、或是利用色彩與變形所創作出來的詩篇、以充滿暗示的語言來做成的填字遊戲，都是和文字相關的遊戲。小朋友，是不是覺得中國的文字非常精彩豐富呢？

## 作者簡介——徐國能

師大國文系教授，古典詩學者、散文家。

著有杜甫相關學術論文數十篇，並有散文集《第九味》、《煮字為藥》、《綠櫻桃》、《詩人不在，去抽菸了》、《寫在課本留白處》等。另有童書《字從哪裡來》、《文字魔法師》、《為詩人蓋一個家》（步步出版）。

## 繪者簡介——林廉恩

大學畢業後在偶動畫公司擔任角色與美術設計一年多，離開後開始畫圖到現在，擅長使用壓克力顏料和水性蠟筆，最近開始喜歡複合媒材拼貼。

喜歡畫城市和怪物、植物等等！創作內容多以當下的感受或是生活經驗為主題。喜歡兒童插畫、貓狗、古老的東西、下雨天和驚悚小說。

曾獲得 2014 美國 3X3 當代插畫獎及 2015、2018 波隆納兒童插畫獎。

平日白天是木訥溫和的插畫家，到了晚上和假日就會變成抓狂媽媽。

國家圖書館出版品預行編目（CIP）資料

萬有解答貓公司的故事 / 徐國能文 ; 林廉恩圖. -- 初版. -- 新北市 : 步步出版 : 遠足文化發行, 2019.09
面； 公分
ISBN 978-957-9380-43-0(平裝)

863.59 108012846

# 萬有解答貓公司的故事

文　徐國能
圖　林廉恩

**步步出版**
社長兼總編輯　馮季眉
編輯　徐子茹
美術設計　劉蔚君

**讀書共和國出版集團**
社長　郭重興
發行人　曾大福
業務平臺總經理　李雪麗
業務平臺副總經理　李復民
實體通路協理　林詩富
海外暨網路通路協理　張鑫峰
特販通路協理　陳綺瑩
印務協理　江域平
印務主任　李孟儒
發行　遠足文化事業股份有限公司
地址　231 新北市新店區民權路 108-2 號 9 樓
電話　02-2218-1417
傳真　02-8667-1065
Email　service@bookrep.com.tw
網址　www.bookrep.com.tw
法律顧問　華洋國際專利商標事務所・蘇文生律師
印刷　凱林彩印股份有限公司
初版　2019 年 9 月　初版四刷　2023 年 6 月
定價　300 元
書號　1BCI0002
ISBN　978-957-9380-43-0